Hay una vaca entre las coles

Clare Beaton

traducido por Yanitzia Canetti

Barefoot Books
Celebrating Art and Story

Hay una vaca entre las coles: ¡muu, muu, muu!

Debe estar en la vaquería, ¿qué harías tú?

Hay una paloma en la vaquería: ¡cuu, cuu, cuu!

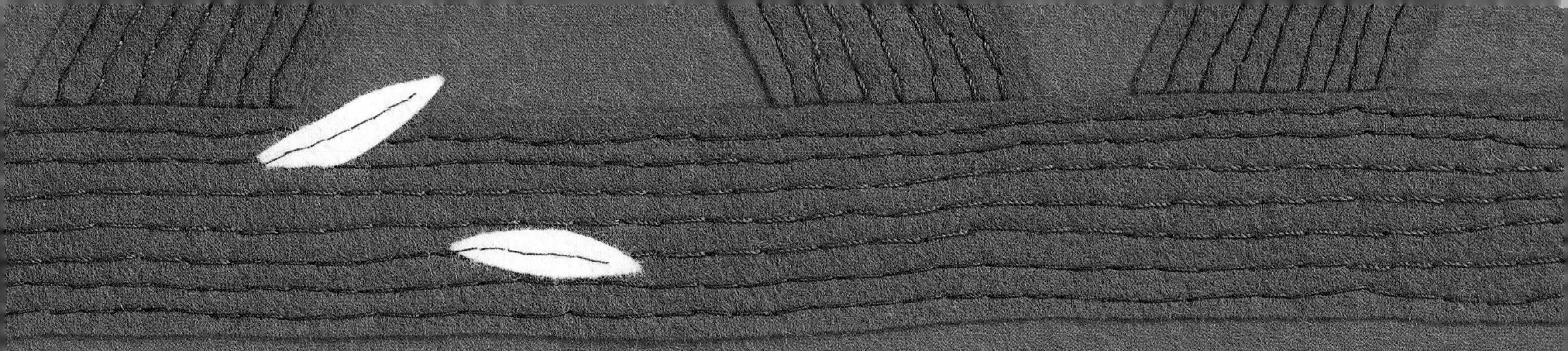

Debe estar en la pajarera, ¿qué harías tú?

Hay un búho en la pajarera: ¡ululú, ululú!

Debe estar en el granero, ¿qué harías tú?

Hay un caballo en el granero ¡y un burrito del Perú!

Deben estar en el establo, ¿qué harías tú?

Hay un gallo en el establo: ¡ki ki ri kú!

Debe estar en el gallinero, ¿qué harías tú?

Hay una cerdita en el granero... ¡con sus rosados cerditos!

Deben estar en el chiquero, ¿qué harías tú al ratito?

Hay una oveja negra en el chiquero... ¡con ovejitas lanudas!

Deben estar en el prado, ¿qué harías tú sin duda?

vaquería
gallinero
estab

Avísales a estos animales que ya es hora de cenar,
¡y verás que pronto todos regresan a su lugar!

Elogio para Clare Beaton

Cerdota grandota (How Big is a Pig?)
"Figuras grandes y brillantes...un final inesperado; Beaton logrará que la atención del público se quede 'cosida' a este libro" — *Publishers Weekly*

Mother Goose Remembers
"Los espléndidos montajes de Beaton se recrean con los caprichos de Mamá Gansa (Mother Goose). El arte se ha ejecutado con el sello personal de Beaton" — Starred *Kirkus Review*

Mother Goose Remembers
"Ella forma exquisitamente cada cuadro" — *Publishers Weekly*

Un alce, veinte ratones (One Moose, Twenty Mice)
"Las ilustraciones tienen tacto y ofrecen efectos divertidos... Los lectores jóvenes recordarán los animales de terciopelo y la búsqueda de gatitos les dará risa" — *Bulletin of the Center for Children's Books*

Zoë and her Zebra
"Una fantasmagoría visualmente táctil... las ilustraciones suplican que las toques" — *School Library Journal*

Para Annabel y Benedict — S. B.
Para Gavin, quien les tiene miedo a las vacas — C. B.

Barefoot Books
2067 Massachusetts Avenue
Cambridge MA 02140

Este libro está compuesto en Plantin Schoolbook Bold.
Traducido por Yanitzia Canetti
Diseño gráfico de Judy Linard, Inglaterra
Separación de colores de Grafiscan, Italia
Impreso y encuadernado en China por PrintPlus.
Este libro está impreso en papel 100% libre de ácido.
3 5 7 9 8 6 4 2

Beaton, Clare.
Hay una vaca entre las coles / ilustrado por Clare Beaton; [escrito por Stella Blackstone] -Colophon ; traducido por Yanitzia Canetti.
1st Spanish ed.
[32]p. col. ill. ; cm
Originally published as: There's a Cow in the Cabbage Patch, 2001
Summary: All the animals in this mixed-up farmyard are out of place, but when dinnertime comes around, suddenly they are all back where they belong.
ISBN: 1-84148-965-4
1. Domestic animals. 2. Stories in rhyme. I. Blackstone, Stella. II. Title.
[E]_dc21 2003 AC CIP